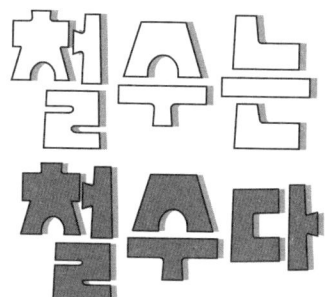

철수는 철수다

글 노경실 그림 김영곤
초판 1쇄 발행일 2010년 6월 17일 **2판 1쇄 발행일** 2021년 4월 15일
펴낸이 박봉서 **펴낸곳** (주)크레용하우스 **출판등록** 제5-80호
주소 서울 광진구 천호대로 709-9 **전화** (02)3436-1711 **팩스** (02)3436-1410
홈페이지 www.crayonhouse.co.kr **이메일** crayon@crayonhouse.co.kr

글 ⓒ 노경실 2010
이 책에 실린 글과 그림은 무단 전재 및 무단 복제할 수 없습니다.

ISBN 978-89-5547-749-8 74810

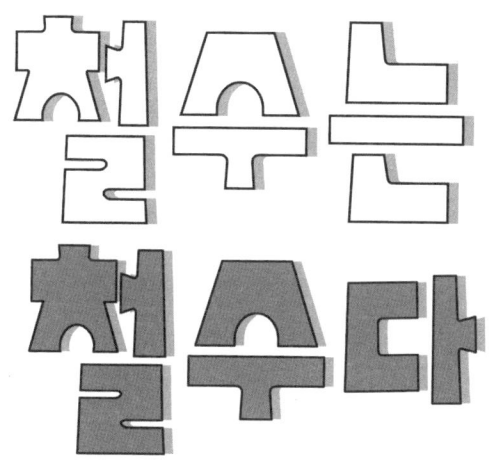

노경실 글 | 김영곤 그림

크레용하우스

"I

AM

"나는

나다!"

차례

머리말 14
나는 김철수예요! 18
재수 없는 박준태 24
시험 기간 32
피자 한 판 40
준태를 따라잡는다고? 46
박준태 사건 55
엄마는 위선자 63
나 하나에 달려 있다 70
나는 엄마의 아들 78
마음의 병 94
글쓰기 100
가장 힘들었던 순간 105
주인공 김철수 122
에필로그 126

머리말

네가 어디서 어떻게 왜 태어났던지, 생은 벌써 저만치 가고 있다.

   중학생 친구들을 위한 이 책이 6월에 나온다는 것에, 나는 소박한 기쁨을 얻습니다.
   6월, June은 라틴어 'Juniores(젊은 사람)'에서 유래되었다는 말이 있기에 그러하지요.

   이 책은 한편, 우리들의 이야기입니다.
   사람은 태어나면 어른들의 고함에 가까운 목소리와 귀가 따가운 박수 소리, 인증샷이라도 하려는 듯 카메라와 휴대폰을 들이대는 난리(?) 속에서 제대로 걷지도 못하는 아기들은 돌잡이까지 강요당합니다.

"골프공, 골프공 잡아!"
"아니야! 아가, 책이나 연필을 잡아!"
"뭔 소리냐? 아가, 내 손주야! 청진기를 잡아라. 의사가 돼야지!"
"다 필요 없어! 돈이 최고야. 돈, 돈을 집어라, 아가야!"
놀란 아가는 온몸이 붉게 달아오를 정도로 웁니다.
이때 이 모든 소란과 요란함을 단번에 가라앉히는 일이 벌어집니다.
"아가, 이걸 집어라. 이거면 한 방에 네 인생 대박이다!"
한 어른이 아가에게 내미는 것은 마이크와 연필과 청진기를 명주실과 만 원짜리 지폐로 둘둘 감은 돌잡이 선물이지요.

하지만 그 소란스러운 잔치 속에서 왕자나 공주처럼 앉아 있던 아기가 노인이 되어 먼 길을 떠날 때에는, 그 '죽은 자'의 손에 무엇도 쥐어 주지 않습니다. 갖고 있는 모든 것을 떼어 놓습니다. 심지어는 무언가 감춰 놓은 게 없나 하고 샅샅이 뒤지기까지 합니다.

앞서 나는 6월은 젊은 자들의 날이라고 말하고는 왜 이런 어두운 이야기를 할까요? 단 한 번 뿐인 삶. 죽은 자를 위해 할 수 있는 건 울어 주는 것밖에 없는 인간의 한계.

그런데, 요즘 청소년들 중에 어렵고 힘들며 외로운 순간 순간 앞에서 너무도 급하고, 너무도 간단하게 자신의 인생을 결정해 버리는 경우가 많아서입니다.

이 책의 주인공인 김철수도 그러합니다.

철수 즉, 이 땅의 청소년들은 저마다의 문제로 괴로움에 견디다 못해 극한의 생각까지 하기도 합니다. 청소년들은 말합니다. '내 인생은 내가 알아서 산다. 간섭 마라!' 물론 간섭하지 않습니다.

단, 촛불이 뜨거운지 모르고 잡으려는 아가에게 엄마가 '안 돼! 손 데어!' 라고 소리치며 말리듯이, 여러분이 어지럽고 힘든 골목길로 들어서려 할 때에 엄마는 '안 된다! 다친다!' 라고 손짓하며 소리치는 것입니다.

여러분도 언젠가는 '젊은 자들'을 향해 사랑과 배려와 권

유의 손짓을 하고, 다정하게 때로는 안타까이 소리칠 것입니다. 사랑은 결코 진화하는 게 아니라 천년의 바람처럼 늘 한결같은 거니까요.

2010. 6월 햇살 다정한 일산 흰돌마을에서

노경실

봄 햇살이 따스합니다.

여린 초록의 새싹들이 나를 향해 손짓합니다.

예쁜 치마를 입은 여학생들의 웃음소리가 싱그럽습니다.

나는 좋아하는 브라운 털빛의 코커스패니얼을 데리고 호수 공원을 산책합니다.

등 뒤에서 엄마의 목소리가 들립니다.

'우리, 철수가 이번 시험에서 또, 1등 했어요!'

엄마는 '또'라는 말을 아주 세게 합니다.

아빠의 웃음소리가 크게 울려 퍼집니다.

얼마나 큰 웃음소리인지 잔잔한 호수가 푸르르륵 물결을 일으킵니다.

'역시 내 아들이야! 날 닮아서 똑똑해!'

아빠도 '똑똑'이란 말을 우렁차게 발음합니다.

'왜 당신을 닮아요? 나를 닮았지!'

엄마의 큰 목소리에 지나가던 사람들이 놀라며 얼굴을 찌푸립니다.

'아냐, 날 닮았어!'

'아녜요, 날 닮았어요!'

'아냐, 나를 닮았어. 나도 O형이고, 철수도 O형이잖아! 당신은 A형이고!'

'어머머, 치사하게 피를 가지고…….'

'피가 왜 치사해? 피는 족보이고, 역사이며, 확실한 증거지!'

'피든, 파든 철수는 나 닮았어요!'

'아냐, 나야!'

'아뇨, 나예요!'

'아냐, 나야!'

'나예요!'

'그만! 나는 나예요! 나는 김철수예요!'

나는 소리를 꽥 지르며 일어났다. 꿈은 현실과 정반대라는데 따악 맞는 말 같다. 꿈속에서 내가 '또' '1등'을 했으니 말이다. 그리고 무엇보다 엄마와 아빠가 서로 '철수는 나를 닮았다!'고 고래고래 소리를 지르며 싸우다니!

현실은 전혀 그렇지 않다. 문제만 생기면, 아니 조금 신경질만 나도 '철수는 당신을 닮았어요!' '철수가 나를 반만 닮았어도…….' '왜 철수가 날 닮았어요? 당신 닮아서 저 모양이지!' 라고 말한다. 아니, 주장한다. 아니, 싸운다.

나는 도로 이불 속으로 들어가려는데, 어김없이 전화벨이 울렸다. 후다닥 거실로 나왔다.

"아들! 김철수! 빨리 밥 먹고 학원 가야지!"

출판사에 다니는 엄마는 요즘 자명종처럼 사무실에서 나에게 전화를 한다. 벌써 한 달째다. 엄마는 중요한 책을 출간할 때는 항상 일찍 출근한다. 물론 퇴근도 늦다. 지금은 '제인 구달 평전'이란 외국책을 우리말로 펴내는 작업을 하는데, 다음 달에는 꼭 내야 한단다. 그래서인지 집에만 오면 늘 제인 구달과 침팬지 얘기만 한다.

'철수야, 제인 구달은 한 살 때부터 침팬지 인형을 안고

놀았어. 그러더니 결국 세계적인 영장류 학자이자 환경 운동가가 된 거야.'

물론 좋은 이야기이다. 그런데 문제는 그다음에 이어지는 말이다.

'그러니까 너도 네가 꿈꾸는 우주 비행사가 되려면 과학, 수학, 외국어 등등 온갖 책을 안고 살다시피 해야 돼! 지금처럼 놀고 싶은 거 다 놀고, 자고 싶은 거 다 자면서 네가 하고 싶은 대로 막 살다가는 아무것도 될 수 없어.'

정말 이상한 일이다. 제인 구달은 침팬지 인형을 안고 놀다가 영장류 학자가 되었다는데 왜 나한테는 우주 비행기 모형이 아닌 책을 안고 놀아야 한다는 건지! 엄마가 나에게 '메이드 인 차이나' 딱지가 붙은 거라도 좋으니 우주 비행기 한 대 사 주고 이런 말을 하면 조금 이해가 될 것 같다.

그리고 제인 구달은 어렸을 때 잠도 안 자고, 놀고 싶은 것도 참고 침팬지 인형만 안고 연구를 했다는 거야? 그 어린아이가? 기가 막히는 일이다. 내 생각에 한 살 때부터 침팬지 인형만 안고 놀면서 할 것 안 하고, 잠도 안 자고 했으면 그건 정상이 아니다. 완전 비정상이다!

그런데 엄마의 이상스러운 훈계는 이뿐만이 아니다.

'철수야, 제인 구달은 상이란 상은 다 받았지. 내셔널지오그래픽 소사이어티 허바드상, 알버트 슈바이처상, 교토상, 에딘버러메달……. 한 분야에서 열심히 하면 그 열매는 당연히 열리는 거야. 너도 일단 공부를 열심히 해 봐. 초등학교 때까지는 그깟 상 받고 안 받고는 신경 하나도 안 썼지만, 이제 중학생은 달라. 전쟁이야, 전쟁. 강남 애들한테 비교하면 늦어도 한참 늦었어. 그래도 지금이라도 안 늦었으니까 열심히 해서 상 좀 쭉쭉 받아 와라!'

진짜 이상하지 않은가? 제인 구달이 상 받으려고 침팬지 연구를 했을까? 상 욕심에 살기 좋은 영국 런던을 떠나 탄자니아의 밀림 속에서 살았을까? 나도 인터넷으로 다 찾아봐서 알고 있다. 그럼 나도 미국의 나사 우주 본부로 보내 주든지 해야 하는 거 아닌가? 만날 나를 학원에 가둬 놓고는……. 내가 침팬지도 아니고, 학원이 무슨 탄자니아 밀림도 아닌데 말이다.

"중딩!"

등 뒤에서 들려오는 소리에 나도 모르게 뒤돌아보았다. 마치 복잡한 길거리에서 "아줌마!"라고 누군가 부르면 다른 사람은 몰라도 이 세상 엄마들은 당연히 뒤돌아보는 것처럼.

"킥킥."

병국이는 내 얼굴을 빤히 쳐다보며 웃기만 했다.

"뭐야?"

괜스레 약이 오른 나는 식식거리며 병국이를 노려보았다.

"김철수! 중딩보고 중딩이라고 하지, 그럼 초딩, 유딩이라고 하냐? 같이 가자."

병국이는 당당했다.

하긴, 틀린 말이 아니니까. 나도 이제 중학생이다. 흰돌중학교 1학년. 다른 학교 아이들은 우리 학교를 짱돌학교, 석두학교라고 부르기도 한다. 사람들은 참 이상하다. '돌'

자에 무슨 원한이 많은지. 그것은 '개' 자가 들어가면 무슨 말이든 우습게 보는 것과 같다.

그러고 보면 나도 할 말은 없다. 기분이 안 좋거나, 친구들과 싸우거나 할 때는 꼭 '개' 자를, 그것도 맨 앞에 넣어서 아주 세게 발음하지 않는가. 그러나 확실히 효과는 있는 것 같다. 그냥 '자식'이란 말보다 앞에 '개' 자를 넣으면 훨씬 내가 힘세어 보이는 것 같으니까. 그래서 남자애들은 싸울 때 더 크게, 더 상스럽게 욕하고 소리를 지르는 것 같다. 힘 있어 보이니까!

"철수야, 오늘 학원 문 닫는대."

"뭐? 정말 왜?"

나는 너무 좋아 병국이의 두 팔을 잡고 마구 흔들어 대며 물었다.

"학원 망했대!"

"왜 망해? 너무 잘돼서 우리도 대기자로 있다가 겨우 들어갔잖아?"

그러자 병국이가 비식비식 웃었다.

"뻥이야! 그랬으면 좋겠다, 그거지!"

"에이씨, 좋다가 말았네!"

"김철수, 세상이 멸망해서 모든 게 다 사라져도 살아남는 건 학원일지 몰라."

"왜?"

"지구에서 살아남는 법, 지구 멸망해도 생존하는 법, 우주로 탈출하는 법, 우주에서 살아가는 법. 뭐, 이런 거 가르쳐 주느라고 말이야. 안 그래?"

"정말 그럴 듯한데. 우와! 이병국, 넌 천재다, 천재! 네가 나중에 학원 원장해라."

"그래, 나 천재야. 세상이 몰라줘서 그렇지. 역시 너밖에 없다! 난 나중에 우리나라에서 제일 큰 학원 원장 할 거야. 그래서 우리나라 백 대 부자 안에 들 거야!"

병국이는 마치 주문을 걸 듯 열 개의 손가락을 쫙 펴고는 하늘에 대고 마구 흔들어 댔다. 백 대 부자라고 열 번은 흔든 것 같았다. 나는 그 행동에 무언가 마법의 힘이 있는 것 같아 침을 꼴깍 삼키며 쳐다보았다.

"병국아, 난 널 믿어. 그럼 나중에 내가 결혼하면 내 자식들은 학원 공짜, 완전 무료로 다니게 해 주는 거야, 알았지? 배신하지 마!"

"염려 마! 네 자식들이 열 명이 돼도 대학 갈 때까지 완전 무료고, 최고 인기 선생님 반으로 해 줄게. 내가 아예 평생 수강증을 끊어서 네 아들, 손자, 손자의 손자, 손자의 손자의 손자까지 대대로 공짜로 다니게 해 줄게. 그 공짜 학원비만 모아도 너는 빌딩을 살 수 있을 거야!"

"좋아, 좋아!"

나와 병국이는 어린아이들처럼 서로 손을 잡고 제자리에서 팔짝팔짝 뛰었다.

그때였다.

"안녕!"

박준태가 웃으며 다가왔다.

"재수 없어."

병국이가 내 귀에 대고 아주 낮은 목소리로 그러나 빠르게 말했다.

박준태. 준태는 정말 재수 없는 애다.

키: 175센티미터라고 들었다. 학원 영어 선생님이랑 똑같다. 그런데 영어 선생님은 구두에 무려 7센티 키높이 깔창을 끼워서 절대로 신발 벗는 식당에는 가지 않는다는 소문이 있다.

몸무게: 얼마인지 모르지만 근육 덩어리다. 배에 '王' 자가 있는 걸 봤다는 애들이 많다. 어떤 여자애는 침을 흘리며 그걸 보고 난 뒤 일주일 동안 행복한 환영에 시달렸다고 한다.

성적: 학원에서 장학생이다. 그리고 흰돌중학교 1학년 신입생들 중 1등으로 입학했다고 한다.

집안: 나랑 같은 아파트, 나랑 같은 108동의 1208호에 사는데 알부자라고 한다. 아빠가 대학교수고 엄마는 아가씨 시절에 '미스 갈치' 선발대회에서 1등을 한 미녀라고 한다.

지금 우리 아파트 부녀회장인데 아무리 봐도 내 눈에는 갈치가 아니라 복어 같다.

특기: 영어를 잘한다. 나도 인정한다. 유학을 다녀오거나, 외국에 산 적이 없는데 완전 미국 사람 같은 발음을 한다. 운동도 못하는 게 없다고 한다. 어쩌면 골프 특기생으로 대학에 갈지도 모른다.

성격: 우리 엄마나 동네 아줌마들 말로는 '요즘 세상에 보기 드문 예의 바른 청소년'이라나! 이 말은 맞는 말 같기도 하다. 준태가 욕을 하거나 화를 내며 싸우거나 하는 모습을 본 적이 없으니.

여자 친구: 작년 발렌타인데이 때 동네 슈퍼나 대형 마트의 초콜릿은 몽땅 준태네 집으로 배달되었다는 전설이 있다. 그런데 올해 발렌타인데이에는 그 양이 조금 줄었다고 한다. 하지만 그 이유는 아쉽게도 준태의 인기가 떨어져서가

아니다. 유통기한 지난 불량 초콜릿이 판을 친다는 뉴스 때문이었다고 한다. 그래서 여학생들이 준태를 보호하기 위해 초콜릿 대신 다른 선물들을 했다나!

자, 이러니 박준태가 재수 없는 게 당연한 거 아닌가! 그러나 이 세상 여자들은 여학생이든, 아줌마든 모두 준태를 좋아한다. 아니, 준태는 아파트 아줌마들의 '좋은 학생'의 기준이며, 학교에서는 '모범생'의 기준이고, 세상의 '선'의 기준이다.
참, 어이없는 기준이다.

중학생이 되어 두 번째로 맞는 시험 기간이 찾아왔다.

이것은 나에게 두 번째 시련이기도 하다.

"철수야, 오늘은 어때?"

병국이가 물었다.

"넌?"

병국이와 나는 우리 집 거실 소파에 나란히 앉아 텔레비전을 보며 서로 물었다. 오늘은 우리 둘이 좋아하는 야구 경기가 있는 날이다. 우리는 같은 팀을 응원한다.

'블랙도그' 선수들의 하얀 유니폼과 모자에는 호랑이처럼 으르렁거리는 검은 개의 얼굴이 그려져 있다.

시험 기간 동안은 피시방도 컴퓨터도 금지다. 컴퓨터는 엄마가 집에 있을 때만 할 수 있다.

"영어는 사망이고, 한문은 중상, 기술은 경상! 너는?"

"김철수, 너는 나보다 낫네! 나는 영어 사망, 한문 식물인

간, 기술은 불치병!"

"그래도 너는 괜찮잖아?"

"뭐가?"

"너네 엄마는 시험 성적 가지고 널 죽이지는 않잖아?"

"그건 그래. 우리 엄마는 유방암 수술 받고 나서는 성적 같은 거 별로 신경 안 써. 그냥 내가 나쁜 짓 안 하고 건강하면 최고래. 우리 아빠도 그래. 그래서 아예 거실에 액자를 걸어 놨잖아. 너도 봤지? '몸의 건강이 마음의 건강이고, 마음의 건강이 우리 집안의 행복이다!' 라는 가훈 말이야."

"좋겠다. 그래서 네가 성격이 좋은가 보다."

나는 얼굴 가득 부러움을 담아 말했다.

"김철수, 그럼 너네 엄마도 유방암이나 위암 걸려서 수술하면 달라지지 않을까?"

"유방암? 위암?"

나는 잠시 생각해 보았다.

'여보, 철수야······.'

'엄마!'

'여보, 정신 차려! 당신 없으면 나랑 철수는 어떻게 살라고……'

'철수야, 엄마 없어도 잘 살아야 한다.'

'싫어, 싫어! 엄마 없으면 나도 죽을 거야!'

'철수야, 제인 구달 알지? 그분도 평생 어려움 속에서도 용기를 잃지 않고 살았어. 홀로 밀림 속에서……. 연약한 여자의 몸으로…….'

'엄마, 내가 잘할게요! 공부도 열심히 하고, 말도 잘 들을게요!'

'여보, 나는 당신만 사랑할게. 제발 정신 차려!'

'안녕…… 철수야, 여보…… 하늘나라에서 만나자…….'

그리고 일 년 뒤.

'철수야, 인사해라. 새엄마다.'

'안녕. 네가 철수니? 우리 서로 이해하며 잘 살자. 얘는 내 아들이란다. 너보다 한 살 많으니까 형이라고 불러라.'

'싫어요. 나한테는 돌아가신 엄마가 진짜 우리 엄마예요!

아빠 미워요! 아빠는 평생 엄마만 사랑할 거라고 약속했잖아요!'

'그건 그거고 산 사람은 살아야지. 너는 아직 어려서 엄마의 손길이 필요하단다. 그리고 덤으로 형도 생겼으니 얼마나 좋아?'

'싫어요! 집 나갈래요!'

'철수야!'

그리고 한 달 뒤.

주유소 알바생이 된 철수.

'야, 기름 이만 원어치!'

'네! 손님!'

'야. 저 자동차 앞 유리 좀 닦아 드려라! 이런 건 내가 말 안 해도 네가 눈치로 대강 때려서 해야지.'

'네, 사장님.'

'너 말고도 알바 할 애들 줄 섰어. 잘리지 않으려면 눈치 빠르게 잘해!'

'네, 사장님!'

그때, 자기 아빠와 함께 차를 타고 나타난 병국이.

'앗, 철수야! 너, 집 나갔다고 하더니 여기서 아르바이트하는 거야? 학교 안 다닐 거야? 이제 고등학교 가야 되잖아? 너네 아빠, 너 때문에 병나서 입원하셨어.'

'우리 아빠가? 새엄마는?'

'헤어지셨어. 네가 집 나가는 바람에 싸우셨대. 우리 차 타고 집에 가자, 응?'

고민하는 철수.

갑자기 돌아서서 뛰는 철수.

'철수야, 어디 가?'

'흑흑, 우리 아빠한테 전해 줘. 난 불효자라서 집에 못 간다고…….'

'철수야!'

'잘 가, 병국아!'

'철수야, 그럼 내가 학원 차리면 그때라도 와!'

'뭐, 학원?'

다시 돌아서는 철수.

'잠깐, 학원은 가야지. 병국아, 기다려! 병국아!'
"병국아!"
나는 두 팔을 마구 흔들어 대며 불렀다.

"철수야, 왜 그래? 꿈꿨구나? 내 꿈을 꾼 거야? 내가 그렇게 좋냐? 꿈까지 꾸게?"
나는 주위를 둘러보았다. 안도의 숨을 내쉬었다. 우리 집이다. 나는 내가 세 살 때 샀다는 분홍빛 가죽 소파에 쪼그리고 누워 있는 게 분명했다. 엄마는 결코 유방암도, 위암도 안 걸렸다. 만약 암에 걸렸다면 무슨 전화가 왔겠지. 아빠는 재혼을 안 했다. 만약 재혼을 했다면 나에게 소개시키려고 집에 왔겠지. 병국이는 내 옆에 있다. 만약 병국이가 아니라면 도둑놈이겠지.

휴우! 다행이다. 하나도 변한 게 없다. 텔레비전에서는 아직 야구 중계를 하고 있다. 자다 일어나서인지 눈앞이 흐릿하지만.

"병국아. 내가 성적 때문에 두들겨 맞아 죽는 한이 있어도 나는 우리 엄마가 암 걸리는 거 싫어!"

나는 손등으로 두 눈을 비비며 어린 아기가 칭얼거리듯이 말했다.

"암? 무슨 말 하는 거야? 아하. 아까 그 얘기! 야아, 너 진짜 겁쟁이구나. 그것 때문에 꿈꾼 거야? 네 맘대로 해라. 철수야, 블랙도그가 화이트버드한테 5대 3으로 이기고 있어."

"그래?"

나는 자세를 고쳐 바로 앉았다.

"이제 학원 갈 시간이다. 나가자."

"학원? 학원? 가야지."

나는 일부러 늙은 개처럼 어슬렁거리며 소파에서 천천히 내려왔다. 그러나 마음은 즐거웠다. 시험은 시험이고, 아무 것도 변하지 않은 내 상황이 말이다.

나의 행복은 오늘까지인지도 모른다.

내일은 시험 결과가 발표되기 때문이다. 이제는 학교에서 부모님 휴대폰이나 이메일로 결과를 알린다. 그래서 정작 죽어라 공부하고, 힘들게 시험을 치른 학생들보다 부모님들이 먼저 결과를 알고 좋아하거나 슬퍼하거나 분노한다.

이건 너무 불공평하다. 모든 일은 공평하고 공명정대하게 풀어 나가야 한다고 어른들은 말한다. 그렇다면 부모님들의 월급도 매달 우리 통장으로 들어오게 해야 한다. 왜냐하면, 우리들에게는 시험 성적이, 부모님들에게는 월급이 제일 중요한 거니까, 서로서로 맞교환하는 게 공평하다.

하지만 세상은 불공평투성이다. 모든 게 어른들 위주로 돌아간다. 효자되는 법만 가르칠 뿐 공평한 부모되는 법은 가르치지 않는 세상이다. 그러나 아무리 이렇게 하소연해 봐야 무슨 소용이 있는가? 내가 불만 한 번 말하면 되돌아오는 호통과 야단은 수백 발이다.

　- 일단 공부나 잘하고 불만을 말하든 말든 해!

　- 꼭 공부 못하는 애들이 말이 많더라.

　- 공부해서 남 주니? 너 잘되라고 하는데 웬 심술이야, 심술은!

　- 공부만 잘해 봐. 네가 입도 열기 전에 다 알아서 해 줄 거야!

　- 공부하다 죽은 귀신은 없나? 그런 귀신 있으면 우리 아들한테나 들러붙지!

　- 왜 너는 네 아빠의 나쁜 점은 다 닮으면서 엄마의 공부 잘하는 점은 하나도 안 닮았니? 그렇게 나쁜 점만 골라서 닮기도 힘들 텐데…….

　- 지금 시대는 공부 잘하는 자식이 권력이야, 권력! 학교 가서도 자식이 공부 잘하면 헐렁한 몸뻬 바지만 입고 가도 모두들 왕비 쳐다보듯 해. 그런 엄마 얼굴에서는 빛이 난대, 빛이!

　그래도 나는 꿋꿋이 견딜 수 있다. 엄마가 나를 때리거나, 밥을 굶기거나, 내쫓지 않는다는 걸 아니까.

밤늦게 퇴근한 엄마는 내 얼굴을 보자마자 물었다.
"아들, 내일 성적 나오지?"
"글쎄요……."
나는 일부러 하품을 하며 모르는 척했다.
"글쎄요라니! 시험 본 당사자가 글쎄요가 뭐니?"
"엄마! 내가 시험 보느라고 얼마나 스트레스가 심한데, 그런 것까지 생각해요? 엄마가 알아요? 내가 얼마나 피곤한지! 피자 한 판 시켜 줘요."

내일 성적이 나오기 전까지는 얼마든지 큰소리칠 수 있다는 것쯤은 이제 알고 있다. 엄마도 내심 기대하고 있기 때문에 '분명 이번 성적은 괜찮겠지. 괜히 화냈다가 성적 잘 나오면, 우리 아들한테 얼마나 미안할까…….' 라고 생각한다는 것도 알고 있다.

"이 밤에 피자를?"
"공부를 열심히 하면 뇌가 많이 움직이기 때문에 탄수화

물이 그만큼 소비돼서 얼른 보충해 줘야 해요. 그렇지 않으면 뇌가 손상된대요. 내가 우주 과학자가 꿈인데 그 정도도 모르겠어요?"

나는 제법 진지한 표정을 지었다.

"그렇지만 이제 시험 끝났는데……."

분명 엄마는 돈을 아끼려고 자꾸 핑계를 대는 듯했다.

"그러니까 수고했다는 의미에서 한 판 사 줘요. 병국이 엄마는 저녁에 패밀리 레스토랑 데리고 갔대요. 나는 집에서 혼자 밥 먹었잖아요!"

"밥 먹었으면 됐지, 피자는 살찐단 말이야."

"엄마, 내 나이는 살찌는 게 아니라 먹는 대로 키로 가요! 엄마가 그랬잖아요. 최소한 180센티미터는 돼야 한다고요. 그럼 그만큼 잘 먹어야 하잖아요. 병국이는 나보다 벌써 3센티가 더 큰 것 같아요. 병국이네 엄마는 병국이가 먹고 싶다는 건 다 사 주고, 다 해 준대요. 그러니까 병국이 얼굴 때깔이 좋잖아요!"

"아, 알았어! 원, 시험 한 번 더 봤다가는……."

"뭐라고요?"

나는 아예 거만한 왕자처럼 짜증을 냈다.

"아니야! 됐어! 네가 전화해서 먹고 싶은 걸로 시켜. 참, 아빠는 할머니 댁에 보일러 고장 나서 거기 들렀다가 오신댔다. 그러니까 마음 푹 놓고 너 혼자 실컷 먹어라."

엄마는 급히 안방으로 들어갔다.

"나도 알아요. 아까 아빠한테서 전화 왔어요!"

나는 안방에 대고 두 손을 흔들며 "앗싸!" 하고는 얼른 전화기 앞으로 갔다. 그리고 점잖게 피자를 주문했다. 우리 아파트 단지 안에 있는 수제 피자 가게는 24시간 영업한다.

'제일 크고, 비싼 피자로!'

내일 성적이 어떻게 나올지 모르나 일단 오늘 맛있게 배불리 먹어야 한다. 그렇지 않으면 앞으로 석 달 정도는 피자 구경도 못 할 것이다. 친구 생일잔치가 있기 전에는.

"먹고 자야 되니까 빨랑 갖다 주세요, 빨랑요!"

"철수야!"

이미 나는 모든 걸 예상하고 있었기에 엄마의 차갑고 매서운 목소리에 조금도 기죽지 않았다. 그리고 엄마가 다른 날보다 일찍 집에 오리라는 것도 짐작했다. 게다가 '아들!'이 아닌 '철수야!'라고 부를 것도 생각하고 있었다.

"네."

거실 탁자를 사이에 두고 엄마와 나는 마주 앉았다. 어느 편이 적군인지 모르지만 우리는 협상을 시작하는 군인들 같았다.

엄마는 이메일에서 출력한 A4용지 한 장을 탁자 위에 올려놓았다.

"봐!"

나는 종이의 아래쪽을 훑었다. 평균 점수는 72점. 반 석차는 35명 중 22등. 전체 석차는 227명 중 127등.

숨이 탁 막혔다. 모든 게 지난번보다 떨어졌다. 평균 점수는 5점, 반 석차는 4등. 전체 석차는 12등.

그러나 나는 안다. 한 30분만 잘 버티면 상황 종료된다. 잘못했습니다. 앞으로 아니, 지금 당장 열심히 하겠습니다. 다시는 실망시키지 않겠습니다, 라고 공손히 애절하게 말하면 내일 아침부터 엄마는 다시 제인 구달이나 다른 책 속으로 푸욱 빠져 잊어버린다는 것을.

나는 얼른 선수를 치려 했다.

그때, 아빠가 들어왔다. 아빠는 단번에 상황이 어떤지 알고는 헛기침을 여러 번 했다. 밥 달라, 배고프다라는 말도 하지 않았다. 심지어는 텔레비전 리모컨도 찾지 않았다. 착한 어린이처럼 양말을 벗어 빨래통에 살살 담고, 옷도 갈아입었다. 그리고 목욕탕으로 들어갔다.

나는 다시 용서를 비는 말을 하려고 시도했다.

하지만 엄마가 한발 빨랐다.

"나한테 용서를 빌고 싶어?"

이런 상황일수록 빨리 대답해야지 엄마의 심기를 건드리

지 않는다.

"네! 용서해 주세요."

그럼 엄마는 보통 '네가 네 잘못은 아는구나.' 라며 상황을 애써 풀어 나가려 한다. 그런데…….

그런데!

오늘은 달랐다.

"용서? 흥! 이런 경우 박준태라면 어떻게 했을까? 아니, 준태라면 이런 상황을 만들지도 않았겠지!"

갑자기 머리가 띠잉 했다.

도대체 엄마가 집에 들어오기 전에 무슨 일이 있었던 거지? 준태 엄마를 만나서 준태 자랑을 한참 듣고 열 받은 건가? 선생님이 엄마한테 전화해서 준태처럼 공부 좀 잘 시키라고 했나? 병국이 엄마가 우리 엄마한테 전화해서 준태 성적을 말하고 병국이랑 나를 혼내 주자고 약속했나? 나는 정신을 가다듬었다.

"준태가 왜요?"

"뭐, 준태가 왜요? 몰라서 물어?"

"네."

나도 슬슬 화가 오르기 시작했다. 우리 집안에, 아니 내 시험 성적에 왜 박준태가 올라오는 거야? 준태가 무슨 제사상의 떡이나 술이야? 아기 돌잔치 상의 마이크나 연필이야?

"준태는 반에서 1등, 1학년 전체에서 1등 했대!"

엄마의 말에 나는 씨익 웃음이 나왔다. 별거 아니었구나. 준태 공부 잘하는 건 온 동네가 다 아는데, 새삼스럽게…….

"웃어? 지금 웃음이 나와?"

엄마의 목소리가 화살처럼 내 가슴에 팍 꽂혔다.

나는 입을 꽉 다물었다.

"엄마가 분명히 말했지? 중학교는 초딩 때와는 다르다고. 전쟁이라고 했지? 전쟁!"

"아이 참, 누구랑 전쟁을 해요? 내가 소년병인가요?"

"지금 농담하는 거 아냐!"

"나도요!"

나는 물러설 수 없었다. 시험을 못 봤으면 못 봤지, 갑자기 박준태는 뭐지? 무슨 막장 드라마처럼 박준태가 엄마의 숨겨둔 아들이나 된단 말이야? 아니면 나의 쌍둥이 형? 그 것도 아니면 나랑 병원에서 뒤바뀌어 키워진 아들? 뭐, 그런 거라면 이해하겠지만. 에이, 설마 그런 일이 있으려고!

"철수, 너 잘 들어. 너는 엄마의 자존심이기도 해. 그런데 네가 사사건건 준태보다 못하면 엄마의 자존심은 뭐가 되는 거지?"

"내가 준태보다 공부 말고 또 못하는 게 뭔데요?"

"그걸 엄마 입으로 일일이 다 말해야 알겠어?"

엄마의 목소리에 거실이 흔들흔들 움직이는 듯했다.

"여보, 조용조용……."

아빠가 수건으로 얼굴을 닦으며 나왔다.

"당신도 문제야!"

엄마는 화가 나면 아빠에게 반말을 한다.

"왜 또 나를! 내가 뭘?"

아빠는 강하게 반발하면서도 목소리는 작았다. 나는 아빠가 얄미웠다. 아빠는 이렇게 내가 궁지에 빠져 있으면 적극적으로 나를 보호해 주는 것이 아니라 늘 아빠만 살 궁리를 한다. 물론 아빠를 이해 못 하는 건 아니다. 예전에 한두 번 나를 구해 주려고 나섰다가 아빠마저 무참하게 엄마의 말 화살, 혀 화살을 맞은 적이 있으니까. 그래도 서운한 건 서운한 거다. 하나밖에 없는 아들이 곤경에 빠졌는데 나보다 엄마 눈치를 더 보다니. 저러다가 아예 안방으로 피할 듯하다.

나는 얼른 아빠를 불렀다.

"아빠, 엄마가요. 박준태 얘길하면서……."

그러나 아빠는 손사래를 쳤다.

"그래, 그런데 아빠가 밥 먹기 전에 이메일 보낼 게 있어서…… 여보, 밥 먹을 때 불러."

아빠는 재빨리 안방으로 들어갔다. 아빠는 비겁하다. 나는 절대로 아빠 같은 아빠가 되지 않을 거다. 내 자식이 나의 부인으로부터 위험 상황에 있다면 목숨을 걸고 구해 줄 것이다. 그래서 나의 부인이 언제나 내 의견을 물어보고 내 자식을 혼내게 할 것이다. 하지만 지금 우선은 내가 살아야 한다. 나는 엄마 눈치를 살폈다. 분명 엄마의 눈빛이 다른 때보다 무서웠다. 자식이 영 가망 없어 보일 때 가차 없이 낭떠러지에서 밀어뜨리는 맹수의 눈빛이랄까.

"엄마가 창피해서 이사를 가든지 해야겠다. 내가 말했지. 준태 엄마랑 나는 중학교 때 같은 반에서 1, 2등을 다퉜다고. 그리고 네 아빠랑 준태 아빠도 비슷한 수준의 학교를 다녔어. 그런데 너와 준태는 왜 이렇게 다르니?"

나는 용기를 잃지 않고 대들었다.

"당연히 다르죠! 부모가 다른데. 그렇잖으면 나랑 준태가 형제게요?"

"그만! 너는 입이 열 개라도 할 말 없어! 똑같이 먹고, 자고 공부하는데 네 성적이 이 모양인 건 너에게 문제가 있는 거야."

"난 아무 문제없어요. 조금 더 열심히 하면 될 거예요. 그깟 준태 녀석 금방 따라잡을 수 있어요."

"허어!"

엄마는 기가 차다는 듯 콧방귀까지 시원하게 뀌었다.

"김철수, 잘 들어라. 엄마의 아들 이상형은 박준태야, 박준태! 네가 준태를 금방 따라잡아? 그럼 준태는 가만있고? 준태는 놀고, 잠만 잔대? 네가 어느 세월에 따라잡아? 중학교 성적이 평생 인생을 좌지우지할 수도 있단 말이야."

"엄마! 내가 따라잡을 거라는데 왜 그러세요? 엄마, 혹시 준태 엄마 아니에요? 내가 정말로 준태를 따라잡을까 봐 겁나세요?"

나는 약이 바짝바짝 올라 얼굴까지 붉어졌다.

"시끄러워! 따라잡을 생각 말고 준태 반만큼이라도 해 봐! 너도 남자라고 큰소리치고 뻥치는 게 취미야? 여하튼 남자들은 곧 죽어도 절대 자기 잘못이나 단점을 인정 안 하는 게 문제라니까."

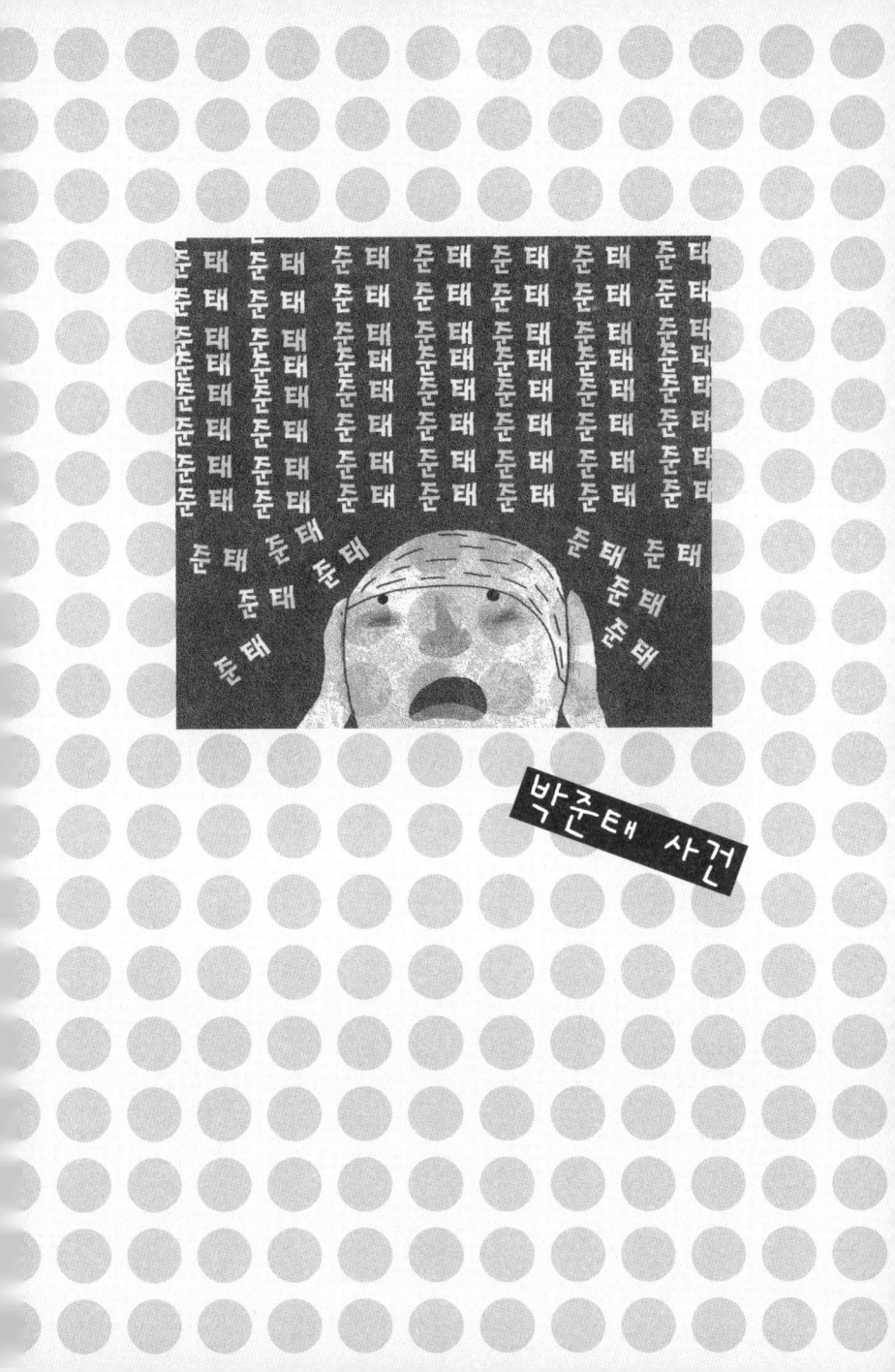

그것은 시작이었다.

일명 '박준태 사건'.

나는 병국이에게 하소연했다.

"병국아, 그래서 박준태 때문에 갑자기 내 인생이 꼬였다."

병국이는 히히 웃었다.

"그러니까 방법은 한 가지밖에 없다니까. 너네 엄마가 우리 엄마처럼 암에 걸려서 수술해 봐야 성적보다 건강이 중요하다는 걸 깨달으실 거야."

"됐어! 지금 장난해? 난 심각하단 말이야."

"그럼 어떡하니? 너네 집안일에 내가 끼어들 수도 없고. 안됐다. 참, 우리 엄마가 그러는데 우리 아파트 엄마들이 모이면 준태 얘기만 한대. 아니, 준태 엄마한테 강연해 달라고 한대. 어느 학원에 보내냐, 과외 선생님은 누구냐. 무슨 참

고서를 사느냐? 몇 시에 자고 몇 시에 일어나느냐? 반찬은 주로 뭘 먹이냐? 보약은 뭘 먹이냐? 좋은 음악도 들려주냐? 잘 가는 찜질방이 있느냐? 준태가 좋아하는 게임이나 운동이 뭐냐? 그리고 어떤 엄마는 준태가 입는 옷이랑 신발이 어느 메이커냐고 묻는대."

"그런 걸 왜 물어?"

"준태랑 똑같이 해 주면 혹시 성적이 올라갈까 해서 그런 거겠지."

"미쳤어!"

"그런데 사실 우리 엄마도 가끔은 준태네 얘기해."

"뭐라고? 준태를 본받으라고?"

"아니, 그렇게 직설적으로는 안 하고, 이런 식으로 말해. 준태 엄마는 좋겠어. 준태 아빠랑 엄마는 잘난 아들 때문인지 다니는 걸 보면 언제나 당당해. 준태네 집터가 좋다는 말도 있더라. 그전에 준태네 이사 오기 전에 살던 집 딸도 공부를 잘해서 미국 대학에 장학생으로 갔다더라. 그래서 그 집 나오면 산다는 엄마들이 줄 섰대. 그 바람에 우리 아파트 단지 값도 조금 올랐다고 하던데…….”

"말도 안 돼!"

나도 모르게 두 주먹을 불끈 쥐었다.

그러나 나의 굳은 주먹도 엄마 앞에서는 얇은 싸구려 유리병처럼 산산조각이 나곤 한다. 늘 이런 식이다.

일요일 오전이었다.

거실에서 텔레비전으로 야구 중계를 보고 있는데 엄마가 청소를 하며 말했다.

"철수야, 준태는 엄마 친구가 하는 출판사에서 주최한 독서감상문대회에서 우수상 받았대더라."

"준태는 시간도 많은가 보네요. 별걸 다 하네. 나는 숙제하고 학원 다니고 학습지 하는 것만으로도 머리가 핑핑 도는데…….”

"그래? 준태는 너보다 학원을 두 개나 더 다니는데도 또 한 군데 더 다니겠다고 엄마를 조른다던데? 준태 머리는 돌머리인가? 아님 똑똑해서 그런가?"

"돌머리라서 그렇죠. 얼마나 돌머리면 학원을 몇 개씩 다녀야 공부가 잘된대요? 쳇!"

"네가 뭘 모르는구나. 원래 고기 맛 아는 사람이 고기 찾는 거라고 했어. 생전 네가 1등의 기쁨이 뭔지 맛을 봤어야지."

"엄마!"

"시끄러워! 뭘 잘했다고 엄마한테 소릴 질러? 꼭 공부 못하는 애들이 버릇도 없더라. 준태 좀 봐. 언제 자기 부모나 어른들한테 소리 지르던? 언제 인사 안 하는 거 봤어? 그런데 너나 병국이는 철부지들처럼 히히거리며 다니느라 어른들 봐도 인사 한 번 제대로 하냐고?"

지난 토요일에 친척집 결혼식 잔치에 갔을 때였다.

결혼식을 모두 마친 뒤, 친척 아주머니 집에 모여 음식을 먹으며 이야기를 나누었다. 나는 친척 형, 동생, 누나, 여동생들과 윷놀이를 하다가 화장실에 가려고 거실로 나왔다. 그리고 똥을 누느라 힘을 팍팍 쓰는데, 거실에서 나누는 엄마와 친척 아주머니들의 말소리가 생생하게 들려왔다.

친척 아주머니1: 철수는 공부 잘하지? 초등학교 때는 우등상도 곧잘 받았잖아?

엄마: 초등학교 때 공부 못한 사람 있나요? 초등학교 성적은 말짱 소용없고요, 중학교 때 잘해야 진짜 잘하는 거죠.

친척 아주머니2: 그래도 우리 아들보다 낫겠지, 우리 찬구는 이번에 턱걸이로 10등 안에 들었다니까.

엄마: 반에서 10등이요?

친척 아주머니2: (자랑이 그득한 목소리로) 뭔 소리야? 반에서 10등 해 가지고 대학을 어떻게 간다고? 전교에서 10등!

엄마: (갑자기 풀 죽은 목소리로) 그, 그래요.

친척 아주머니3: 그 정도 가지고 자랑은! 우리 아파트에 사는 최희진이란 여학생은 경기도 지역시험에서 1등 해서 영재로 뽑혔대. 그래서 아파트 단지 안에 '최희진 공부방'도 만들었어. 그리고 그 애 남동생인 최현호는 초등학생 과학 영재로 뽑혀서 그 남매 엄마가 만날 춤추고 다닌다니까! 그 엄마 보면 화장 하나도 안 하고 다니는데도 얼굴에서 번쩍번쩍 광채가 나! 일류 여배우 저리 가라 한다니까!

엄마: (다시 생기 있는 목소리로) 우리 아파트에도 우리 철수랑 같은 반에 박준태란 아이가 있는데 보통 영리한 게 아녜요. 글쎄, 키도 거의 180은 되고요, 얼굴도 꽃미남이고, 공부 잘하고, 게다가 보통은 공부 잘하면 성격이 이상한데 박준태는 성격도 얼마나 좋은지…….

"읍!"

나도 모르게 소리가 나왔다. 그 바람에 나오려던 똥이 도로 쏙 들어갔다. 기가 찼다. 엄마의 친아들인 내 이름을 박준태를 찬양하는 데 이용하다니! '우리 철수'는 단지 박준태를 홍보하느라 한 번 불렀던 것이다. 그러니 나오려던 똥도 들어갈 수밖에.

정말 개그의 한 대목처럼 친아들도 필요 없고, 1등의 이름만 불러 주고 기억하는 더러운 세상!

나오려던 똥도 쏙 들어가게 하는 지저분한 세상!

아무리 생각해도 변비와 박준태는 동급이다.

친척집 화장실 사건 이후로 변비는 나를 떠나지 않았다. 엄마의 박준태 찬양도 사라지지 않았다. 변비가 심해지니 얼굴이 지저분하게 변하기 시작했다. 여드름과는 성격이 전혀 다른 뾰루지가 분화구처럼 얼굴을 덮었다.

나와 나란히 소파에 앉아 텔레비전을 보던 엄마가 갑자기 내 얼굴을 보며 말했다.

"김철수, 네 얼굴 좀 봐라. 그나마 엄마 닮아서 얼굴 하나 조금 잘생긴 듯한데, 관리 좀 해라. 박준태 얼굴 보면 찔리는 거 없어?"

"박준태 얘기가 왜 또 나와요?"

나는 버럭 소리를 질렀다. 그러나 엄마는 이제 즐기는 듯했다. 내가 예의 없이 대들었다고 화를 내지 않았다. 오히려 슬몃슬몃 웃었다.

"그렇게 박준태 얘기가 듣기 싫으면 공부 좀 잘해. 이런 엄마는 속 편한 줄 아니?"

"엄마, 너무하신 거 아녜요? 작년에 엄마 출판사에서 낸 책 제목 기억 안 나요?"

"어떤 책?"

엄마가 리모컨으로 텔레비전을 껐다.

"'일등 엄마, 꼴등 엄마'라는 책이요. 그 책이 베스트셀러가 돼서 출판사가 돈을 많이 벌었다면서요."

"그래서?"

"그 내용이 성적이 중요한 게 아니란 걸 가르치는 책이잖아요. 난 읽지 않았지만……."

"네가 모르는 게 있구나. 그 책의 저자가 어떤 사람인 줄 아니?"

"몰라요."

"휴우."

엄마가 한숨을 내쉬었다.

"나도 엄마로서 그게 고민인데 그 책의 저자는 외국에서 박사 학위를 두 개나 받았어. 지금 우리나라에서 제일 중요한 여성단체 회장이자 교수야. 텔레비전에도 자주 나와서 아이들에게 너무 공부만 시키지 말라고 하지. 공부가 인생의 전부가 아니라고 말하는 거야. 남편도 대학교수고, 또 두 딸과 아들도 모두 세계 최고의 대학을 나왔거나 다니고 있어."

"그래서 일등 엄마라고 하는 거예요? 그럼 어떤 엄마가 꼴등 엄마라는 거예요? 나같이 공부 못하는 아들을 둔 엄마가 꼴등 엄마예요?"

나는 울컥했다.

엄마의 고민이 뭔지 알 것 같았다. 나도 텔레비전을 봐서 안다. 사회적으로 유명한 사람들이 나와서 '공부가, 성적이, 학벌이, 그렇게 중요한 게 아니다!'라고 말한다. 꿈과 희망만 있으면 된다고 한다. 어떤 사람은 농촌에서 농사짓고 사는 게 진정한 사람 사는 길이라고 한다.

그런데 얼마나 모순인가. 그렇게 말하고, 책을 내고, 유명세를 얻는 사람치고 좋은 대학 안 나온 사람이 드물다. 심지어는 학력 위조까지 한다. 그리고 기자, 아나운서, 판사, 교수, 선생님, 뭐든 하려면 대학을 나와야 시험 자격을 준다.
어지럽다.
어른들은 한 입으로 두 말을 한다.

1 - 성적이 다가 아니다.
2 - '뭔가' 되고 싶으면 시험을 치러야 하는데 그럼 대학 졸업장을 가지고 와. 영어는 잘하냐? 토익이 몇 점이야?

나는 엄마에게 물었다.
"엄마도 어떤 면에서는 위선자예요."
"뭐?"
엄마는 말을 하지 못했다. 무척 놀란 얼굴을 했다.
"출판사에서 그런 책을 내면서 나한테는 만날 박준태 본받으라고 하잖아요?"
"그, 그건…… 출판사는 내 직장이고, 너한테 그러는 건 네 엄마로서의 역할이지. 그런 것도 구별할 줄 모르니? 어떻게 엄마한테 위선자라는 말을…… 정말 무서운 세상이다."

엄마의 목소리가 살짝 떨렸다. 나는 기회를 놓치지 않으려고 얼른 말꼬리를 잡았다.

"그럼 엄마가 나를 박준태랑 비교하는 건 괜찮은 건가요? 어떻게 엄마가 아들한테 박준태 닮으라는 말을…… 이거야말로 정말 무서운 세상이에요."

"김철수!"

엄마가 소리를 꽥 질렀다.

그러자 안방에서 아빠가 달려 나왔다.

"왜? 나 불렀어?"

"그래요. 잘 나왔네요. 당신 닮은 아들 때문에 화병 나려고 해요. 사춘기 지난 지가 언젠데 아직도 꼬박꼬박 말대꾸를 하죠?"

엄마의 얼굴이 붉게 달아올랐다.

"엄마, 내가 학교에서 배웠어요. 자식은 부모의 양쪽 유전자를 반반씩 닮는 거지, 어느 한쪽만 일방적으로 닮지 않는대요. 만약 그런 자식이 있다면 틀림없이 기형아래요. 그러니까 밉든 곱든 난 엄마도 닮은 거예요. 그러니까 날 너무 구박하지 말아요. 내가 이렇게 생겨 먹은 것의 반은 엄마 책임이고, 엄마 유전자 때문이니까요."

나는 근거도 없는 학설을 내세우며 말했다. 그러나 그 학설이 진짜인지 가짜인지 알 길 없는 엄마는 조금 수그러졌다. 아니, 진짜인 걸로 생각하는 듯했다. 내 꿈이 우주 과학자라서 믿는지도 모르겠지만.

"그래, 미안하다. 못난 엄마 유전자를 물려줘서…… 어떻게 너 하나가 딸 다섯은 키우는 것 같니! 어서 네 방으로 가서 공부해!"

"우리 아들 똑똑하네. 단번에 엄마를 케이오시키다니."

아빠가 웃자, 엄마가 날카롭게 흘겨보았다. 순간, 아빠의 입가가 확 굳어졌다.

"여보, 미안, 미안! 철수야, 얼른 가서 공부해라. 우리 집안 평화가 몽땅 너 하나에 달려 있다, 알았지? 제발 눈치껏 좀 살아라. 네가 아빠 정도 되려면 도 좀 더 닦아야겠어."

내 등을 토닥여 주는 아빠의 손길이 다정했다.

어느덧, 세 번째 시험이 시작되었다.

나는 다른 때보다 열심히 공부했다. 나도 박준태처럼 엄마를 졸라 시험을 위해 시험만을 위한 속성 학원 코스를 보름 동안 다녔다.

그러나 성적은 박준태처럼 월등하게 잘 나오지 않았다. 시험 볼 때마다 느끼는 거지만, 내가 열심히 하면 다른 아이들도 열심히, 아니 더 열심히 공부한다. 내가 한 시간 덜 자면 다른 아이들도 한 시간, 아니 한 시간 반 덜 잔다. 그러니 내 성적이 올라간다 해도 별 차이가 없다. 그런데도 엄마는 늘 내 정신력을 탓한다. 나는 정신이 멀쩡한데…….

그러고 보면 요리사가 꿈인 병국이는 이 세상 사람이 아닌 것 같다. 병국이는 이제 요리 학원도 다닌다. 늘 웃는 병국이를 보면 나는 박준태보다 병국이를 닮고 싶다. 그러나 엄마는 병국이를 싫어한다.

'사람은 기본이 있어야 해! 병국이는 기본을 무시한 거야. 병국이 엄마가 작년에 암 수술 하고 나서 인생관이 달라진 점을 이해하긴 하지만 그건 아니지. 철수, 너 조심해. 병국이 본받지 말고. 우리나라에 사는 한 우리나라 교육 시스템을 따라야 해. 초등학교, 중학교, 고등학교, 대학교 그리고 대학원. 이 과정을 다 마치는 건 한편으로는 좋은 인맥을 쌓는 거야. 우리나라는 다른 나라와는 달리 인맥이 얼마나 중요한대!'

그러나 나는 인맥이고 동맥이고, 정맥이고 필요없다. 그냥 병국이는 병국이라서 좋은 것뿐이다. 살다 보면 병국이처럼 마음이 잘 통하는 좋은 친구를 만나는 것도 쉽지 않을 것이다. 그런데 왜 엄마는 만날 동창회 갔다 오면 친구들 흉을 보는 거지?

시험 성적을 이메일로 받은 엄마는 역시 이번에도 집에 일찍 들어왔다. 엄마의 손에는 아주 두꺼운 제인 구달 평전 한 권이 들려 있었다. 드디어 책이 나온 모양이다.

"책 나왔어요?"

나는 무심한 듯 물었다.

"됐고, 오늘은 아무래도 결판을 내려야 할 것 같다."

엄마와 나는 또다시 거실 탁자에 마주 앉았다. 나로서는 한 달에 한 번씩 겪는 굴욕의 순간이다.

"네가 속성 학원 보내 달라 해서 보내 주었고, 시험 기간에 먹고 싶다는 거 다 사 줬어. 또 시험 기간 동안 네 비위 맞추느라 숨 한 번 크게 못 쉬었어. 아빠는 거래처 사람들 이해시키며 술자리도 안 했어. 그런데도 성적이 또 이 정도야. 자, 누구 잘못이지?"

내가 속으로 한 대답 – 누구의 잘못도 아닙니다. 그냥 성적이 잘못 나왔을 뿐입니다. 이건 사람의 잘못이 아닙니다.

그러나 입에서 나온 대답 – "잘못했어요. 내 잘못이에요."

"이제 어떡할까?"

속으로 한 대답 – 죽이든 살리든 엄마 하고 싶은 대로 하세요. 나도 할 만큼 했어요. 공부 못했다고 엄마한테 맞아 죽은 자식이 있다면 나, 김철수일 겁니다.

그러나 입으로 내뱉은 대답 - "무조건 엄마가 시키는 대로 할게요. 잘못했어요."

"준태는 성적이 이번에도 어떻게 나온 줄 알아?"

속으로 한 대답 - 준태 성적 아무 관심 없거든요. 엄마 혼자 알고 계세요. 혹시 준태가 엄마 아들 아닌가요?

그러나 입에서 나온 대답 - "준태는 똑똑하니까 잘했겠죠. 준태는 우등생이잖아요."

"그런데 왜 너는 준태처럼 못하는 거야? 네가 어디가 못나서? 네가 머리가 모자라? 몸이 아파? 책이 없어? 학원엘 안 다녀? 귀찮게 하는 동생이 있어? 병든 부모를 돌봐? 모든 조건이 준태랑 똑같은데 왜 못해? 왜? 준태는 신의 아들이야? 왜 그렇게 잘해?"

속으로 한 대답 - 그만하세요. 이제 준태 이름만 들어도 머리가 돌 것 같아요. 그렇게 준태가 좋으면 데려다 키우세요. 입양하시라고요. 그리고 나는 다른 집 아들로 주고요. 그럼 되잖아요!

그러나 입으로 내뱉은 대답 – "다음부터 진짜 잘할게요. 더 열심히 할게요."

그 순간, 며칠 전 아빠의 말이 떠올랐다. 아빠가 농담처럼 했던 말.

'철수야, 우리 집안 평화가 몽땅 너 하나에 달려 있다, 알았지?'

아빠의 목소리가 생생했다. 눈물이 나왔다. 처음엔 한두 방울 흐르더니 금방 빗물처럼 흘러내렸다.

"어머? 얘가 이젠 안 하던 짓까지 하네? 아니, 왜 우니? 네가 어린애야? 중학교 남학생이면 청년이고 어른이야. 울긴 왜 울어?"

"청년이고 어른이요? 그럼 정말 청년이고 어른처럼 대해주세요! 누가 청년이고 어른한테 그렇게 함부로 말해요?"

나는 엉엉 울며 소리를 바락바락 질렀다.

그러나 엄마는 나를 달래 줄 생각이 없어 보였다.

"너, 며칠 전에는 엄마 보고 위선자라고 하더니 이제는 엉엉 울고 소리를 질러? 엄마가 집에서 살림은 안 하지만 너를 사람답게 키우려고 얼마나 노력하는데……. 아빠 수입만으로는 네 학원비는 턱도 없단 말이야. 그럼, 네가 엄마를 도와줘야지. 너한테 아무것도 안 바라. 그저 학생이니까 공부만 잘하면 그만인 거야. 군인이 아무것도 신경 안 쓰고 나라 잘 지키듯이, 너는 공부만 잘하면 되는데 그게 그렇게 힘드니? 그럼 엄마가 대신 학교 다닐 테니 네가 돈을 벌어 오든지!"

어느새 엄마도 울고 있었다.

'아들아, 미안하다. 다시는 준태랑 비교하지 않을게.' 라며 나를 안아 주며 위로해 주고 눈물을 닦아 줄 줄 알았는데 엄마는 더 크고, 더 서글프게 울었다.

그 바람에 나는 더 이상 울 수가 없었다. 그래도 내가 아들이고, 남자인데 우는 엄마를 달래야지 하는 생각에 얼른 울음을 멈추고 엄마의 어깨를 잡았다.

"엄마, 미안해요. 다시는 대들지 않을게요. 그리고 공부 더 열심히 할게요."

"됐어! 내가 무슨 복에 준태 같은 아들을 바라겠어!"

엄마는 내 손을 뿌리치고 휙 일어나 안방으로 들어갔다.

쾅!

방문이 닫히는 게 아니라 안방 벽이, 내 가슴이 무너져 내렸다.

엄마한테 아무 말도 안 하고, 집에서 나온 나는 병국이네로 갔다.

병국이는 나를 데리고 패스트푸드 가게로 갔다.

"나, 집 나올 거야."

병국이는 내 말에 전혀 놀라지 않았다.

"언제 나올 건데?"

나는 병국이의 너무 태연한 반응에 약이 오를 지경이었다.

"지, 지금, 지금 집 나왔어."

"돈 있어?"

병국이는 치킨 조각을 맛있게 먹으며 물었다.

나도 먹고 싶었지만 가출이란 심각한 이야기를 하면서 닭다리를 뜯으면 내 얘기의 진실성이 줄어드는 것 같아 침을 꼴깍 삼키며 참았다.

"돈은 왜?"

"먹고 자는 거 어떡하려고? 텔레비전에서 가출 청소년 얘기 많이 나오잖아? 먹고 자는 게 제일 힘들대. 넌 어떡할 건데?"

그러고 보니 주머니에 백 원짜리 하나 없다. 지금도 병국이가 아니면 이 가게에 들어올 수 없었다.

가게 안을 둘러보았다. 늦은 저녁 시간이라 그런지 대부분 대학생이나 고등학생들이 끼리끼리 모여 웃고 떠들며 치킨 바구니를 비웠다. 모두 행복해 보였다. 적어도 나처럼 집을 나온 사람들 같지는 않았다. 주머니나 지갑에 아무리 없어도 천 원 이상씩은 있는 것처럼 여유로워 보였다. 하지만 제일 중요한 건 아니 나와 다른 건 엄마로부터 '박준태' 같은 아이를 본받으라는 말은 듣지 않는 행복한 집안의 사람들 같다는 거다. 이 사실이 나를 슬프게 했다.

"철수야, 내가 네 친구로서 조언할게."

"뭔데?"

"일단 돈을 모은 다음 집을 나가."

"얼마 정도?"

나는 눈이 번쩍 커졌다.

"우리 아빠가 그러는데 하루에 삼만 원은 있어야 사람 구실을 할 수 있대."

"삼만 원씩이나?"

나는 머릿속이 혼란스러웠다. 하루에 삼만 원? 말도 안 된다. 집에서 엄마가 해 주는 밥 먹고, 잠자고, 입고, 학교만 다니면서 한 달 용돈이 삼만 원인데, 나는 다시 물었다.

"삼만 원을 어디에 쓰는데?"

"자동차 기름값, 점심값, 커피값, 담배값…… 뭐 그런 거지. 그래도 친구들 만나거나 후배들 만나면 밥값이나 술값을 내야 해서 비상용으로 갖고 다니는 신용카드도 쓰신대."

나는 고개를 끄덕였다.

"그래, 네 말이 맞다. 집을 나오려고 해도 돈이 있어야겠구나."

이렇게 정리가 되자 나는 주저 없이 치킨 한 조각을 집어 들었다. 한 입 우적 먹으며 우물거리는 입으로 말했다.

"병국아, 내가 다음 달 용돈 받으면 한턱 쏠게. 치킨 일 인분만 더 시켜 줘라. 저녁도 안 먹어서 배고프다."

"알았어. 내가 나중에 성공하면 그때 집 나와. 그럼 내가 너 먹고 싶다는 거 다 사 줄게."

"고마워, 병국아."

나는 병국이 몰래 눈물을 찔끔거렸다. 그리고 병국이가 다시 주문을 하러 간 사이에 재빨리 손등으로 눈물을 닦았다.

'내가 왜 이러지? 나이가 들면 눈물이 많아진다는데……. 나는 겨우 열네 살인데 울기에는 너무 젊잖아, 아니, 어리잖아!'

집에 들어오니 엄마가 식탁에 앉아 원고를 보고 있었다.

"흥, 치킨 냄새가 나는 걸 보니 먹을 복은 있나 보네."

엄마는 얼굴도 들지 않은 채 말했다.

'아뿔싸!'

최대한 불쌍한 척을 해야 하는데, 치킨을 먹자마자 들어

왔으니…….

"병국이가 사 줬어요."

"흥, 공부 못하면 인심이라도 좋아야지!"

"그만하세요! 병국이처럼 좋은 친구도 없어요!"

"그래, 끼리끼리 사귀어서 나쁠 것 없지. 준태 친구들은 어떤 애들인 줄 알아? 학교에서 상위 일 프로 안에 드는 애들하고만 사귄대."

"그럼 엄마는 상위 몇 프로에 속하는데요?"

우리 엄마의 내공도 만만찮다. 다른 엄마들 같으면 이런 질문에 당황해서 말을 더듬을 텐데 우리 엄마는 목소리조차 변하지 않았다.

"내가 몇 프로에 속하든 그게 너랑 무슨 상관이야?"

나 역시 우리 엄마의 아들이다. 한 발짝도 물러설 수 없다. 집을 나갈 결심까지 했었는데 무서울 게 뭐 있으랴. 설사 엄마가 집을 나가라고 해도 나는 절대 나가지 않을 거다. 절대로!

"그럼 나도 마찬가지예요. 내가 어떤 친구들을 만나든 엄마랑 아무 상관없잖아요?"

"그건 안 돼!"

"왜 엄마는 되고, 나는 안 돼요?"

"너는 아직 미성년자니까!"

"쳇, 언제는 나보고 청년이고 어른이라더니⋯⋯."

"네 나이는 아직 미성년이라 경우에 따라 입장이 달라지는 거야."

"그게 무슨 법칙이에요? 누가 그래요?"

"세상 법칙이고, 세상 모든 엄마들의 말이야! 이제 됐어? 더 물어볼 것 있으면 더 물어봐. 엄마가 밤을 새우더라도 다 대답해 줄게."

"아뇨, 지식 검색하면 다 나오는데 뭐하러 입 아프게 물어봐요? 내가 무슨 초딩인가요? 나, 저녁밥 먹게 식탁 비워 주세요."

어쩐 일인지 엄마는 조용히 자리를 비워 주었다. 게다가 동태찌개까지 데워 주었다.

갑자기 그림동화에 나오는 헨젤과 그레텔 이야기가 생각

났다. 두 남매를 통통하게 살찌운 다음 솥에 넣어 삶아 먹으려 했던 마귀할멈.

엄마는 지금 내가 너무너무 얄미울 텐데 왜 밥을 차려 줄까? 날 잡아먹을 것도 아니면서? 자식이라서 엄마의 본능적인 모성애로? 아니면 나에게 너무했다는 미안함의 표시로? 그것도 아니면 지금 보고 있는 원고의 내용이 자식 사랑에 대한 거라서?

아무렴 어때!

오늘의 결론은 '절대, 집 나가지 않을 거다.' 이다. 하루에 삼만 원씩 쓸 수 있을 정도로 돈을 모으고, 병국이가 성공할 때까지는!

그리고 또 하나, 아빠의 말이 완전 틀렸다는 것이다. '철수야, 얼른 네 방에 가서 공부해라. 우리 집안 평화가 몽땅 너 하나에 달려 있다, 알았지?' 라는 말은 백 프로 틀렸다. 나는 우리 집안의 평화의 근원이 아니라 불화와 분쟁의 원천일 뿐.

'엄마는 엄마다.'

'아빠는 아빠다.'

'그런데 나는 내가 아니다.'

변비는 더 심해지고 있다.
얼굴은 콩알만 한, 팥알만 한 뾰루지로 엉망이다.

엄마는 오늘도 준태 얘기를 한다.

"준태는,,,"

"준태는,,,"

"준태는,,,"

"준태는,,,"

"준태는,,,"

그만!!!

이제 내가 준태 같다.

아니 준태가 나인 듯하다.

"병원 가자!"

토요일 아침, 엄마가 내 방으로 들어왔다.

"왜요?"

과학 만화책을 읽고 있던 나는 가슴이 철렁했다.

'혹시 우리 엄마도 유방암인가?'

병국이 엄마처럼 수술해서 다시 건강해진다면 아주 나쁠 것도 없다. 그럼 인생관이 변해서 나를 준태랑 비교하지 않을 테니. 그러나 나는 그 정도로 못되거나 이기적인 아들은 아니다.

엄마가 나를 들들 볶을지언정 엄마 가슴에 암 덩어리가 생기는 건 절대, 절대 바라지 않는다. 나는 엄마의 아들이니까. 나는 다시 물었다.

"병원에는 왜요?"

"일단 따라와. 그게 얼굴이니?"

휴우! 엄마가 아니라 나 때문이었다.

병원은 아파트 단지 바로 길 건너에 있다. 그 짧은 거리를 걸으며 엄마와 나는 오랜만에 모자간다운 이야기를 나누었다.

"너희 담임 선생님이 우리 아파트로 이사 오신다는 얘기 들었니?"

"네."

"학교에선 별일 없고?"

"네."

"너의 학교에는 깡패 같은 애들이나 폭력적인 선배들은 없니?"

"네, 소문은 들었지만 내가 직접 당한 적은 아직 없어요."

"아직이라니…… 졸업할 때까지 그런 일은 생기지 말아야지. 그래도 무슨 일 생기면 혼자 끙끙대지 말고 곧바로 엄마한테 말해야 돼. 대부분 학생들이 혼자 고민하다가 더 큰 일로 번지더라."

"네."

"너도 준태처럼 키가 크면 선배들이라도 함부로 대하지 못할 텐데."

"엄마! 준태 얘기 안 하면 하루가 재미없어요?"

"아니, 얘가…… 말이 그렇다는 거지. 다 너 걱정돼서 하는 말인데 성질은! 너도 그 성질부리는 것 좀 고쳐. 그런 기운은 공부할 때나 팍팍 쓰고."

"에이, 출판사 다니는 엄마 맞아?"

"왜? 출판사 다니는 엄마는 엄마 아니고, 성모마리아래? 천사래? 내 생각에 성모마리아도 천사도 자식 문제 앞에서는 다 똑같을 거야. 그러니까 엄마지. 그렇지 않으면 이모나 고모지!"

맞다! 나는 큰이모랑 작은이모랑 고모가 좋다. 이모나 고모는 나에게 좋은 말만 해 주고 용돈도 듬뿍 준다. 이모나 고모는 나를 그 누구하고도 비교하지 않는다. 세상에서 내가 제일 좋다고 한다. 물론 이모나 고모 자식들 다음이겠지만, 그래도 이모나 고모는 자기 자식들을 준태 같은 애랑 절대로 비교하지 않을 거다. 더구나 아직 결혼하지 않은 작은

이모는 내 목소리만 들어도 힘이 난다고 한다. 나는 작은이모가 결혼하지 않았으면 한다. 평생 나만 사랑해 주고, 나한테만 잘해 줬으면 좋겠다.

병원서 진찰을 받았다. 의사 선생님이 혀를 찼다.

"아니, 무슨 어린 학생이 이렇게 스트레스가 심합니까? 얼굴이 이런 것도, 변비도 다 스트레스 때문입니다. 원형탈모증 안 걸린 게 이상할 정도네요. 일단 피부 치료를 받고, 학생한테는 최대한 마음 편하게 해 주세요. 한 두 주 정도 치료받고, 한 달 간 약 먹으면 괜찮아질 겁니다. 하지만 계속 이렇게 스트레스 속에 놓이면 큰일 납니다."

"큰일이요?"

엄마의 얼굴이 일그러졌다.

"잘못하면 어린 학생들도 우울증에 걸리거든요."

"오히려 내가 애 때문에 우울증에 걸릴 지경인데요."

"왜요? 김철수 학생이 속 썩이나요? 암만 봐도 착한 학생 같은데요?"

"착하죠. 문제는…… 아닙니다. 그럼 어떡할까요?"

"당장 치료해야죠. 그리고 위층에 있는 대장항문과 병원으로 가서 변비 치료도 받아야 합니다."

나는 속으로 쾌재를 불렀다. 그리고 주문을 걸었다.

'의사 선생님, 이왕이면 내가 마음의 병에 걸렸다고 해 주세요. 그래서 엄마가 나를 왕자처럼 잘 모시지 않으면 우울증에 걸린다고 말해 주세요. 제발!'

잠시 후, 나는 하얀 시트가 덮인 침대 위에 누웠다. 예쁜 간호사 누나가 다가왔다.

"자, 어머님은 밖에서 잠깐 기다리세요. 학생, 눈 가릴게요. 별거 아니니까 쉰다고 생각하고 가만히 있어요."

"네!"

나는 이렇게 친절하고 예쁜 간호사 같은 누나가 있으면 좋겠다고 생각하며 눈을 감았다.

"자, 오늘은 중학생이 되어서 가장 힘들었던 순간을 판타지 형식이든 소설이나 동화 형식이든 써 보는 시간이다."

대학생인 외아들이 올봄에 교통사고를 당해 아직도 병원에 있는 국어 선생님이 심각한 얼굴로 말했다.

마치 자신의 이야기를 쓰고 싶어서 일부러 이런 시간을 만든 것 같았다.

"원고지 몇 장 분량이에요?"

누군가 물었다.

나도 제일 궁금한 부분이었다. 초등학교 때부터 지긋지긋할 정도로 싫은 게 시험과 글쓰기다. 더구나 독후감은 악마처럼 싫다. 책을 읽는 것도 힘들고 별로 재밌는 일이 아닌데 게다가 독후감? 우리나라에 독후감 쓰는 제도가 없으면 학생들이 책 읽기를 더 좋아할 것 같은데 말이다.

어른들은 이상하다.

어른들이 싫어하는 건 우리도 싫어하는데 왜 자꾸 하라고 강요할까? 어른들은 30년, 40년, 50년, 60년…… 이렇게 긴긴 세월을 살면서 술 마시고, 담배 피우고, 별별 일을 다 했으면서 정작 10대인 우리들에게 아무것도 못하게 할까? 공부만 열심히 하면 인생을 편하게 살 수 있다는 걸까? 아무 경험도 없는 인생을 살라고?

- 거긴 위험하니 가지 마라!
- 그 애들은 불량하니 사귀지 마라!
- 그런 짓은 나쁜 거니 하지 마라!

난 이런 말을 들을 때마다 한 번도 가 본 적 없는 탄자니아의 밀림과 침팬지가 생각난다.

우리는 침팬지가 아니다.

우리를 공부와 성적의 밀림에 가두지 마라!

"원 없이 쓸 수 있도록 원고지를 나눠 줄 테니 최소 삼십 장은 써라. 오십 장, 백 장도 좋다. 이번 달 국어 시험은 이것으로 대신할 수도 있으니 성의껏 쓰도록. 대신 솔직한 글을 원한다. 지난주에 말한 대로 다음 시간도 국어 시간으로

조정했으니 너무 급하게 생각하지 말고 차근차근 쓰기 바란다."

"선생님도 쓰실 건가요?"

병국이의 질문에 아이들이 와! 하고 웃었지만 선생님은 굳은 얼굴로 대답했다.

"물론! 나도 쓸 얘기가 많거든."

학기 초에 비해 머리숱이 더 빠진 선생님의 얼굴이 나이보다 늙어 보였다.

원고지가 나눠지고 어느새 교실 안은 조용해졌다. 이런 적이 없었다. 담임 선생님이 명상을 시켜도 10분이 지나지 않아 입을 여는 아이들인데…… 모두들 가슴속에 맺힌 게 많아서일까?

병국이를 보니 사뭇 진지했다. 늘 행복하고 여유로운 병국이에게 힘든 일이 무얼까? 엄마가 암 수술한 것 말고 힘든 일이 하나도 없을 것 같은데. 그런데 나는 뭘 써야 하지? 선생님의 말이 떠올랐다.

'중학생이 되어서 가장 힘들었던 순간'

그거야 하느님도 알고, 아빠도 알고, 나도 안다. 중학생이 되면서 갑자기 내 인생에 뛰어들어 나를 괴롭히는 박준태!

'그래, 이거야!'

나는 연필 대신 볼펜을 쥐었다. 왜 그런지 모르나 연필로써 내려가다가는 심이 뚝뚝 부러질 것 같은 생각이 들어서였다.

제목: 철수는 철수다!

지은이: 김철수

1. 김철수

"아니, 아니, 이게 뭐야?"
찬찬히 성적표를 보던 엄마는 얼굴을 일그러뜨리더니 끝내 소리를 질렀습니다.
나는 무릎을 꿇고 두 손을 앞으로 꼭 모은 채, 고개를 푹 숙이고 아무 대답도 안 했습니다.
어디 이런 일이 한두 번인가요. 한 달에 한 번씩 보는 시험 때문에 나처럼 공부를 못하는 아이들은 역시 한 달에 한 번씩 초상을 치릅니다.
초상이 뭐냐고요?

"나는 시험을 못 본 죄인이니 죽여 주십시오. 아니, 야단맞는 순간이나마 잠시 죽은 듯 입 다물고 있겠습니다." 하고 그 무서운 순간을 버티는 걸 '초상 치른다'고 합니다.

아이들은 성적표를 받고 집에 돌아갈 때는 늘 이런 이야기를 합니다.

"야! 우린 성적 때문에 인생 포기하지 말자. 우린 악착같이 살아서 성적과 성공은 비례하는 게 아니라는 걸 보여 줘야 한단 말이야."

"헤헤……. 그 대신 야단맞는 순간만큼은 죽었다 생각하고 지내자, 이거지? 그러니까 우리는 시험 성적 나올 때마다 죽는 거네, 헤헤."

아이들은 시험과 성적에 대해서라면 아주 도를 깨달은 시험 도사들 같습니다.

그러나 모두들 겁 많은 도사들입니다. 나 역시 겁 많은 도사들 가운데 하나입니다. 공부 못하는 주제에 부모님에게 대들 수는 없고, 삼십육계 줄행랑이 으뜸이라고 그저 입 다물고 있는 것이 가장 좋은 방법이라고 생각합니다.

 엄마가 갖은 소리로 야단을 쳐서 눈물이 뚝뚝 떨어지게 해도, 나는 고개 푹 숙이고 얌전히 말 잘 듣는 강아지처럼 있으면 곧 조용해지거든요.

 "아니, 엄마가 말하는데 무슨 생각을 하고 있어? 이게 도대체 시험지냐? 아니면 빨간 소나기가 내린 거냐?"

 시험지 문제의 번호에 동그라미 대신 틀렸다는 빨간 줄이 더 많이 그어진 것을 엄마는 늘 '빨간 소나기' 라고 합니다.

 참 이상합니다.

 학교는 내가 다니고, 시험을 못 봐서 속상하고 창피한 사람은 나인데, 왜 엄마가 저렇게 화를 내고 흥분을 할까요? 부모, 자식 사이라서 엄마도 나만큼 속상해서일까요?

 "도대체 너한테 들어가는 돈이 한 달에 얼만 줄 알기나 해?"

 엄마는 내 시험 성적이 나쁠 땐 늘 돈 이야기를

합니다. 엄마가 하도 그래서 나도 대강 따져 본 적이 있습니다.

수학·영어와 태권도장 학원비, 그밖에 학용품값, 월부로 산 문학 전집, 내 수준에는 너무 어려운 과학 전집, 교육 보험, 장학 적금…….

이런 계산을 하다 보면 솔직히 말해, 엄마가 아무리 야단을 쳐도 할 말이 없습니다.

"이딴 식으로 공부하려면 아예 그만둬! 차라리 공장에 가서 기술이나 배워. 너 하나 공부 안 시키면 우리도 60평짜리 아파트로 금세 갈 수 있어!"

끝내 엄마는 공장 이야기와 60평짜리 아파트 꿈을 펼칩니다.

어쩜 이리도 똑같을까요?

언젠가 친구 집에서 농촌 청소년들의 글을 모아 엮은 책을 봤습니다. 그 가운데 한 아이의 글이 나와 비슷한 처지라 깜짝 놀란 적이 있습니다.

그래서 나는 엄마가 공장과 아파트 이야기를 할 때마다 그 아이의 글을 떠올리곤 합니다.

자세히는 생각나지 않지만 대강 이런 이야기였습니다.

"공부 못하면 너도 농사나 지어야 한다. 학교도 안 보낼 거다. 그러니까 공부 잘해서 너도 잘되고, 부모도 호강시켜라." 하고 그 아이의 부모가 늘 협박 아닌 협박을 한다는 이야기입니다.

시골 아이들은 공부 못하면 농사나 지어라 하고, 서울 아이들은 공부 못하면 공장에나 가라 합니다.

시골 아이나, 서울 아이나 공부 못하는 아이는 불쌍하긴 마찬가지입니다.

동화책에는 서울 쥐보다 시골 쥐가 마음 편하고, 자유롭게 산다고 나와 있는데 어떻게 사람은, 아니 아이들은 시골 아이라도 편하게 살지 못할까요? 사람이 쥐만도 못하게 산다면 말이 됩니까?

더구나 난 아직 중학교 1학년이라 공장에 갈 수도 없고, 내가 배우고 싶은 것은 기술이 아니라 미술인데 말입니다.

"아니, 또 입 다물고 있는 거야? 그러고 있으면 다 용서받는 줄 알아? 이 시험지가 백 점짜리로 변하느냔 말이야! 1208호에 사는 준태를 본받아라, 본받아. 응? 준태는 분명 또 올 백 받았을 거다. 왜 넌 공부를 못하니? 같은 밥 먹고, 같은 학교 다니고, 같은 아파트 사는데 넌 왜 밤낮 이 모양이야! 더구나 엄마는 학교 다닐 때 준태 엄마보다 공부를 더 잘했단 말이야!"

드디어, 드디어 엄마가 1208호에 사는 준태 이름을 꺼냈습니다. 언제부터인가 엄마는 나에게 화를 낼 때마다 준태 이야기를 하기 시작했습니다.

바퀴벌레라는 말보다 더 징그럽고, 마귀라는 이름보다 더 끔찍하고, 원수라는 말보다 더 무서운 이름, 박준태.

2. 박준태

내가 준태를 알게 된 것은 지난해 시월입니다.

준태를 알기 전까지 엄마는 이런 식으로 날 괴롭히지 않았습니다.

엄마, 아버지, 나.

우리 세 식구가 종로구 옥인동에 있는 작고 오래된 아파트에 전세로 살 때만 해도 나는 별로 꾸중을 듣지 않고, 하루하루를 즐겁게 보냈습니다.

그런데 몇 달 동안 얼굴을 제대로 볼 수 없을 정도로 바쁘게 다니던 엄마가 갑자기 이사 명령을 내렸습니다.

"어휴, 이젠 우리도 전세 생활 끝났어요. 다음 달에 신도시에 있는 아파트로 이사할 거예요."

엄마의 이 한마디 말 뒤, 나는 정신 차릴 사이도 없이 신도시의 한 초등학교로 전학하게 되었습니다. 그리고 그 전에 살던 아파트와 비교도 안 될 만큼 넓고 깨끗한 아파트로 이사를 했습니다. 아버지는 이사한 것을 무척 좋아했습니다.

"나도 이젠 체면 좀 차릴 수 있게 됐군. 뭐? 자가용도 바꾼다고? 어이구, 이제 체면 좀 살겠군.

소형차를 8년째 몰고 다니느라 자존심이 상했는데 말이야. 역시, 당신이 최고야. 내가 당신 덕분에 마음 놓고 사회생활을 하고 산단 말이야. 철수야, 넌 그저 엄마 머리만 닮아라. 역시 엄마는 똑똑한 사람이야. 너도 나중에 엄마처럼 능력 있는 사람을 만나야 하는데, 허허허……."

아버지에겐 신도시의 새 아파트와 새 자동차가 행운이요, 체면 살리는 일이 되었지만, 난 정반대였습니다. 날마다 불행이었습니다.

우리는 108동 1205호, 준태는 1208호.

처음엔 준태와 친하게 지내진 않았습니다. 같은 반도 아니었거든요. 순전히 엄마들 때문에 가깝게 된 겁니다.

준태 엄마는 아파트 부녀회장이고, 우리 엄마는 이사하자마자 부녀회 일을 열심히 해서, 두 사람이 가깝게 되는 바람에 우리들도 형제처럼 지내게 되었습니다. 더구나 우리 둘은 모두 외아들이거든요.

그런데 올해, 그러니까 준태와 내가 중학생이 되고 나서부터 엄마는 달라져 갔습니다.

하루는,

"철수야. 너도 내일부터 학교 앞에 있는 '천재만세'라는 학원에 다녀라. 엄마가 오늘 접수시켰으니까 내일 가면 교재도 줄 거야. 하루도 빠지면 안 돼! 천재만세 학원은 아무나 들어가는 데가 아니야."

"엄마, 난 미술을 배우고 싶어요. 미술 학원은 안 되나요?"

"뭐라고? 1208호 준태는 그 학원에 다닌 지 벌써 1년 2개월째래. 그래서 올겨울엔 전국 수학경시대회도 나간다고 하더라. 그런데 너는 고작 미술을 배운다고? 그림 잘 그리면 서울대에 간대? 하버드에 간대? 그리고 미술 해서 돈 버는 사람도 있지만 그건 겨우 수만 명 중에 한두 사람 정도야."

"난 돈 벌려고 미술을 하려는 게 아닌데……."

"시끄러워! 비싼 돈 들여서 등록해 놓으니까 쓸데없는 소리만 하고 있어. 내가 출세하려고 그러니? 다, 너 잘되고, 너 성공하고, 남들한테 뒤지지 말라고 돈 쓰는 거야. 알았어?"

이것이 바로 엄마가 나와 준태를 직접 대 놓고 비교한 첫 사건입니다.

그다음부터 엄마는 나와 준태를 사사건건 비교하며 야단칩니다.

"철수야, 운동 좀 해라. 날마다 앉아서 책만 읽으면 샌님 모양 점잖기만 하지, 체력이 떨어져서 공부하기 힘들어. 박준태 좀 봐라. 그 애는 태권도, 수영, 유도까지 도대체 못하는 운동이 없대."

"철수야, 너 오늘부터 이 책들 다 읽어라. 이게 얼마짜리 책인 줄 아니? 월부로 샀어. 과학 전집인데 준태는 벌써 이 책을 두 번째 읽고 있는 중이래. 하여간 준태는 보통 애가 아니야. 뭘 하든 보통 애들이랑은 수준이 달라."

"철수야, 공부 좀 해라. 준태는 이번 수학이랑

영어 경시대회에서 몽땅 1등 했다며? 왜 엄마한테 말하지 않았니? 창피해서? 그럼 너도 1등 좀 해, 1등! 어휴……. 준태 엄마는 얼마나 좋을까. 보는 사람마다 1등 엄마라고 부러워하니. 나는 언제 1등 엄마가 돼 보냐? 네가 1등을 해야지 나도 1등 엄마 소리를 듣고 살잖아!"

엄마의 이런 꾸중과 잔소리는 하루도 거르지 않습니다. 또, 이런 일도 있습니다.

"철수야, 족집게 학원 수강증이다. 토요일이랑 일요일만 다니는 특별 학원이야. 이번 주말부터 다녀. 네가 준태보다 못한 게 뭐가 있냐? 과외를 시키고 싶지만 그건 너무 비싸서 학원에 보내는 거야. 배워서 남 주니? 너도 악착같이 공부해서 보란 듯이 1등하는 거야. 알았지?"

나는 이제껏 묵묵히 엄마의 말을 따랐지만 더 이상 참을 수가 없었습니다.

할 수 없이 아버지에게 사정사정했습니다.

"아버지, 나는 수학이랑 영어 학원도, 주말 학

원도 다 싫어요. 나는 집에서 공부하고, 책 읽고, 그림이랑 만화를 그리고 싶어요. 그러니까 아버지가 엄마에게 잘 얘기해 주세요."

그러나 아버지는 오히려 웃었습니다.

"허허……. 철수야, 그저 엄마가 시키는 대로 해. 언제 엄마 말 들어서 손해 본 적 있냐? 그리고 엄마 말 잘 듣는 게 효도야. 그래야 집안이 조용해지잖아."

이뿐인 줄 압니까?

"아버지, 엄마는 날마다 나랑 준태랑 비교만 해요. 난 김철수이지 박준태가 아니란 말이에요."

하니까,

"허허……. 준태가 공부를 잘하니까 엄마가 샘이 나서 그런 거야. 너도 준태처럼 공부 잘하면 누가 너보고 뭐라고 그러겠냐?"

하는 게 아닙니까?

이 일이 있은 뒤로 나는 아버지와는 어떤 의논도 하지 않았습니다. 그저 엄마의 잔소리가 듣기 싫어, 엄마가 시키는 대로 강아지처럼 따라 했습니다.

3. 김철수는 김철수다

그러나 성적은 점점 떨어지고, 다른 과목은 머릿속에 하나도 들어오지 않았습니다. 그래서 오늘 받아온 시험지도 모두 60점대입니다. 어머니가 펄펄 뛰며 화를 내는 것은 당연한 일인지도 모릅니다.
그렇지만 또 준태와 비교를 당한다는 것은 정말 비참한 일입니다.
"이걸 성적이라고 가져왔어? 다음 시험 또 못 보기만 해 봐라. 그땐 준태가 네 형이고, 넌 준태 동생이 되는 줄 알아! 내가 준태한테 널 동생으로 생각하라고 말할 거야!"
아니, 이게 무슨 말입니까? 시험 성적이 나쁘다고 나랑 동갑내기인, 게다가 나보다 생일이 석 달이나 뒤인 준태가 내 형이 된다니.

정말 참을 수가 없는 일입니다. 지금이 어떤 시대인데 성적으로 형, 아우를 따진단 말입니까? 혹시 우리 엄마가 진짜 준태 엄마가 아닌가 하는 생각이 들었습니다. 그러나 그건 아니겠죠.

어쨌든 나는 너무 기가 막히고 슬퍼서 얼굴이 빨개지고, 눈물이 주르르 흘렀습니다.

"쯧쯧, 이젠 울기까지 해! 네가 사내 녀석이냐? 준태 좀 봐라. 얼마나 남자답고 당차냐!"

"그만해요! 난 준태가 아니에요. 난 김철수란 말이에요!"

"아니, 이젠 반항까지 해? 엄마가 너 하나를 위해서 얼마나 애쓰는지 알아주기는커녕 이젠 대들기까지 해? 준태 좀 봐, 한 번이라도 부모에게 말대꾸를 하는가!"

"그만해요! 나 엄마 아들 안 할래요! 나는 공부도 못하고 잘하는 것도 하나도 없으니까 엄마 아들 안 하면 되잖아요! 그 대신 박준태를 엄마 아들

삼으세요! 그럼 만날 아들 자랑하고 다닐 수 있잖아요!"

나는 엉엉 울면서 베란다로 뛰어갔습니다.

"애, 철수야, 철수야! 이리 와! 엄마가 잘못했다, 잘못했어!"

엄마가 급히 뛰어와 날 잡았습니다.

12층에서 내려다본 아래 세상은 아찔할 만큼 무서웠습니다. 베란다에서 날마다 내려다보는 땅바닥인데도 오늘은 너무 어지러웠습니다.

그러나 나는 울음을 참을 수가 없었습니다. 다시 엄마에게 하소연하듯이 말했습니다.

"난 철수예요! 나는 준태가 아니란 말이에요! 날 생긴 그대로 놔둬요. 그래도 나는 잘 살 수 있어요! 철수는 철수란 말이에요, 엉엉……."

나는 홱 돌아서서 엄마 품에 안겨 어린아이처럼 울었습니다. 엄마는 나를 꼭 안아 주었습니다. 엄마도 우는지 내 이마에 뜨거운 눈물방울이 투둑 떨어졌습니다.

나는 눈물, 콧물로 범벅이 된 얼굴을 엄마 옷자락에 묻은 채 생각했습니다.

'엄마, 시간이 걸리더라도 지켜봐 주세요. 엄마 아들 김철수가 정말 자랑스러울 때가 있을 거예요. 엄마 아들은 박준태가 아니라 나, 김철수니까요!'

와!

내가 태어나서 단번에 서른 장이 넘는 글을 쓴 것은 처음이다.

속이 시원했다.

얼마나 열심히 썼는지 두 손에 땀이 촉촉했다. 목도 아프고 어깨도 아팠다.

사실 내 마음속으로는 주인공인 김철수, 즉 내가 베란다에서 새처럼 훨훨 날아가는 것으로 끝을 맺으려 했다. 나쁘게 말하면 '자살'이고 좋게 표현하면 '해방'이다. 하지만 그랬다가는 국어 선생님이 담임 선생님한테 이를 게 분명하기에 엄마 품에 안기는 걸로 생각을 바꾼 것이다.

원고지를 선생님께 내려다 나는 고개를 갸웃했다.

'이건 아니지, 실명 그대로 했다가는…….'

나는 병국이에게 수정 테이프를 빌렸다. 그리고 김철수

는 유치원 때 친구였다가 호주로 이민 간 이정훈으로, 박준태는 유치원 때 가장 사이가 안 좋았던 박봉서로 바꿨다.

그러나 내 인생은 아무리 수정 테이프로 박박 지워도 바뀌지지 않을지도 모른다. 공부 잘하고 키도 크고 얼굴도 꽤 괜찮은 박준태의 인생은 죽죽 곧은 길로.

아무리 노력해도 성적이 제자리인 나는 그냥 이렇게 살게 될지 모른다. 우리 아빠처럼 지금 사는 정도의 아파트에, 엄마 같은 아내에, 나 같은 자식을 낳고! 참, 내 자식들은 병국이가 무료로 학원 다니게 해 준다고 했지.

그러나 나는 아직 중학생이다.

아빠 말로는 호랑이로 치면 아직 엄마 젖을 먹어야 하는 시기란다.

엄마 말로는 옛날로 치면 장가가서 아들 낳았을 나이란다.

담임 선생님 말로는 고대 그리스 시대에는 정치가도 할 수 있었단다.

이모 말로는 귀여운 강아지란다.

도대체 어느 말이 옳은지!

하지만 내가 아는 건 이거다.

나는 나이고,

나는 김철수며,

그래서 그건 영어 선생님 말대로 'I AM I!'다.

내 글이 잘됐다며 국어 선생님은 학교 홈페이지에 올렸다.

병국이는 너무 성의 없게 썼다고 야단을 맞았다.

갖가지 요리 재료 이름을 다 적고는 그런 것들을 마음껏 사서 요리할 수 없는 게 가장 큰 슬픔이라고 썼으니!

역시 병국이는 만사태평이다.

나는 엄마한테 말하지 않았는데 동네 아줌마들이 일렀다.

엄마는 글 내용이 창피하지만 그래도 기분 좋단다.

'역시 편집자 아들이야!'

왜냐하면 박준태 글은 뽑히지 않았으니까!

내가 태어나서 최초로 박준태한테 이긴 건 이거 하나일 거다. 그런데 앞으로 나는 얼마나 많은 사람들에게 이기고 지고, 얼마나 많은 일들 속에서 또 이겨 내고 져서 쓰러지며 살아야 하는가? 때로는 또 다른 박준태 같은 사람을 만나게 될까? 간절히 바라는 것은 나는 절대로 내 자식에게 '너는 왜 박준태 같지 않아?'라고 말하지 않게 되길 바랄 뿐이다.

그러고 보면 내가 좀 조숙한가? 벌써 내 자식에 대해 생각하다니!

이제 변비도, 얼굴 뾰루지도 점점 가라앉고 있다.

내 하루하루의 삶도 점점 조용해지고 있다.

언제 이 평화가 깨질지 모르나, '지금'은 행복하다.

아빠의 말이 생각난다.

'아들! 부자에게는 '황금'이 있어서 행복하겠지만, 나에게는 '지금'이 있어서 참 좋단다!'

아빠, 나도 그래요!